KB080535

설탕의 아이들

설탕의 아이들

박우담 시집

내 은유의 흔적들을 묶어 내보낸다.
그 발자국이 선명하고 아름답길 바란다.

2018년 봄
박우담

차 례

● 시인의 말

제1부

제2부

제3부

제1부

별사탕

솜사탕 장수의 모자에는 은하수가 박혀 있지.

설탕 막대기로 휘저어

시간의 구름을 만들 수 있지.

우리는 구름 먹는 아이들.

오른손에 창을 쥔 반인반마의 괴물들이지.

끝없이 활활 타오르는 불 속에서

말의 귀와 발굽을 가진 시간의 자식들을

얼마든지 낳을 수 있지, 설탕만 있다면.

용서해줘, 신을 두려워하지 않는

이 난폭함. 우리는 그저

별사탕이 가득한 은하수 모자를 쓴

설탕의 아이들이지, 뒷발을 약간 든.

네안데르탈 11
— 시간의 목덜미

나는 시간의 목덜미를 알고 있다
그것은 북극성과 북두칠성 사이에 있다

시간은
상반신이 염소이고
하반신이 물고기인
판의
아버지의 아버지

나는 아직도 필봉산 언저리 학교에서
공을
차는
마지막 네안데르탈인

축구화 끈을 묶고
운석을
차올리듯
시간의 축구공을 우주로 차올린다

뻥

뻥

뻥

뻥

차올린다

수염이 흰 염소들이

담벼락

밑에서

풀을 뜯고 있다

오늘 밤

시간의 목덜미 같은 백무동 계곡 아래로

별사탕 같은 운석들이

쉬익

쉬익

쉬익

쉬익

떨어질 것이다

다시, 봄

초록은 세상에서
가장 아름다운 설탕

또 우리 안에
초록이 번진다, 거짓말처럼.

네안데르탈 12
― 수호성의 회귀

나는 풀과 나무를
사랑하고
초원을 뛰어다니며
꽃을
꺾네

아이들은
자꾸
태어나고
여자들은 어머니가 되어
늙어가네

그리하여 입술이 붉은 별들이
낙타를 타고
은하수를 건너면,

초원의 별이여

모든 아버지들이
자식들에게 죽임을 당하는 밤이 올 것이네

나는 모래바람 속에
얼굴을 씻고
초원을 뛰어다니며
꽃을 꺾네

해독할 수도 없는 난해한 문장들이
밤하늘에 떠 있네

벽화

1

구름교실에 가면 나는 사시가 되지
눈동자는 분필과 축구공 사이에 삐뚜름히 걸쳐 있지

나는 창밖으로 떨어지는 별똥별을 보고, 구르는 공을 떠올리지
분필가루 지우듯 기억 속의 잔상을 지우려 해도
공은 얼굴을 빼꼼히 내밀고 사이렌의 노랫소리처럼 나를 유혹하지

2

어디서 공 퉁기는 소리만 들려도,
별똥별이 제 그림자 지우듯 흑판을 지우고
신탁이 내린 양

나는

하늘에 의자를 통째로 매달고, 구름 한 조각 구워 먹고
몸을 어찌할 줄 모르지.

3

교실에 앉아 신화 속의 정령을 찾든지, 지구본으로 색 바랜
외눈박이 구름의 머리통을 찾든지, 벽으로부터 나오는 건
분명 나의 영혼이라는 사실.

벽은 구름조각처럼 증발되었던, 나의 전생의 기억이기도
하지

금강대협곡

1

그림자의 악보는 오색 만장처럼 슬프다

비눗방울처럼 그림자는 끊임없이 돋아나
얼굴 없는 머리통이 여기저기 돋아나
나의 의식에서 버석거리는 너의 살점으로

2

백두 번째 계단에 별이 뜨면 유난히 도드라진
너의 기억으로

하늘과 하늘을 연결하고
산과 산을 연결하고
너와 나를 연결하지

3

백두 번째 계단에 별이 뜨면
나는 우울의 스웨터를 껴입고
앙상한 너의 쇄골에 담긴 음역으로
후일담을 듣지

너는 수억 광년의 비눗방울 연주자

너의 장지葬地에는
두개골의 수초들이 또 다른 곡을 예고하듯
불협화음의 물방울을 터뜨리며
건반을 두드리고 있지

자작나무

나는 내가 아니다.

시간을 옭아매고 있는 그림자
나를 기다렸다는 듯 줄넘기의 줄처럼 빠르게
내 곁에서 아가릴 벌리고 있는 그림자
자신을 송곳니로 찢어서 마구 삼키는
시간이 끼니인 족속이다.

수천의 그림자가 나를 사육하고 있다.
길이 밑둥치같이 잘려 있어
내 건너의 나를 찾을 수 없다.

아홉 번째 올무에 결박된 나는
조용히 링거줄을 타고 들어오는 수액처럼 숨골 아래 맥박을 쌓아두지만
내 심박수를 벗어난 호흡일 뿐이다.
나는 내가 아니다.

이곳은 자작나무숲.
상처가 아물자 슬픔이 검버섯같이 돋아났다.
심장에서 단전까지

내 건너의 나를 덮고 남을 만한 슬픔이 밤마다 회랑을 배회한다.
나의 맥박은 시계태엽 풀어지듯 세상에서 점점 멀어져갔다.

숨골의 깊이는 슬픔의 깊이

이 숲에선 기억이 서로 닮는다.
전생의 나와 후생의 내가
한 나이테의 뿌리인 듯 아흔아홉 번째 줄에 뒤엉켜 시간의 축축한 그림자에 올라타 있다.

나를 지워버린 숲의 시간이 내 발목을 낚아챈다.
올가미처럼

몽환

나비의 길은 곡선이다
신은 인간을 빚을 때 선과 선은 짧게 때론 길게
맥박의 떨림 속에 꿈을 불어넣었다
인간들이 흙으로 돌아올 수 있도록

영혼이 육신으로부터 잠시 자유로워지는 시간
나비가 밤의 악장을 관통하며 비뚤비뚤 날아간다

밤마다 미완성 음계를 맞추다가
거스를 수 없는 시간의 악보

링거에서 이어진 가느다란 튜브 속으로
밤의 거친 숨 몰아쉬며
꿈길에서 영혼의 천사라도 만나면
원래의 템포와 박자로 내려앉는 나비

영혼이 환상과 상상과 떨림으로 빚어지는 꿈길

애처롭게 숨을 내뱉은 나비

박자와 템포를 훌쩍 넘어버린 나비

지문마저도 벗어놓고 떠난 나비

몽환의 시간 속으로 날아간다. 오, 밤의 색채와 리듬.

안드로메다

그는 몇 해 전부터 이 거리를 배회했다
거리의 좌판들은 그를 드라마 속 결투를 앞둔 주인공처럼
조심스레 주시했다

그의 상형문자는 아무도 해독하지 못했고 세월을 거치면
서 신전엔 갈 곳 없는 어둠만 깔려 있다

거리에 꽃잎이 시들자

갑자기 검은 밧줄로 칭칭 감겨 있는 바다가 누렇게 출렁
인다 회오리 파도가 노란 나뭇잎을 흔든다
지겨웠던 계절은 가라앉고 무중력의 물결은 샛별들을 촘
촘히 껴안고 있다

슬픔을 암시하듯 모양 다른 꽃잎처럼

내 오른손으로 내 왼손을 만진다
내 왼손으로 내 오른손을 만진다

둘 중 하나를 선택하는 나는
계속되는 침묵으로 인한 공포와 슬픔에 소스라쳤다

파도에 떠다니는 빛의 주검처럼

오랫동안 상처로 봉인된 바다는 무의식에 스며든 건 아
닌지 불안이 뭉텅뭉텅 매달려 있다

창밖의 짙은 어둠 속에는 고통스럽고 불안한 목소리만
들려올 뿐
아무것도 해독되지 않는다

내가 별을 죽도록 생각하는 건
차갑고 가느다란 샛별들을 건질 수 없기 때문

데스마스크

1

초대는 늘 그녀의 몫이었으므로
절망의 배열은 그녀가 원하는 대로
슬픔의 농도에 따라
산수유, 매화, 개나리, 살구
불안한 혈육이 지는 순서대로 제단에 놓여 있었지
도사린 긴장감을 알지 못한 채

2

우리가 처음 만나던 날
봉긋한 그녀의 가슴이 앞날의 기대치로 있었고
무수한 틈새로 흘러드는 빗방울
본능으로 바라보았던 그녀의
수천 년의 심장 소리에 양초 두 개와 성냥으로
다가갔다

3

공포와 슬픔에 감겨 있는 봄의 꽃잎들
피를 얼어붙게 만드는 신전이다
빗방울은 추도사를 낭송하고 오싹한 슬픔을 암시하듯
각기 다른 모양의 눈동자들,
수 세기 동안 봉인된 슬픔이 무의식으로 스며든다

슬픔은 노을처럼 말없이 번지는 심장의 언어

목련 여자

1

바람이 태양마차를 타고 나타난 봄날

그녀의 커튼이 흔들렸다

탐욕스러운 눈으로 가만히 그녀를 바라보았지

바람이 그녀의 입술을 남몰래 훔치고부터

그녀의 입술 언저리엔

불안의 그림자 한 잎 돋아났지

2

봄은 상습적인 거짓말쟁이 봄의 나무들이 불안하다

바람줄기가 입술이라는 생각에

봄은 또 불안하다는 생각

그래도 가슴속의 생각을 입술에 맡기지 않았다는 생각

환영조차 시들은 그녀는 온몸이 창백하다

3

바람의 이름으로 꽃잎을 꺾지 마라
몸의 구멍에서 불안이 새어 나온다
포개진 한숨 소리만 남아
이제 그녀는 검은 그림자밖에 보이질 않는다
고삐 풀린 태양마차는 이미 그 비밀을 알고 있었지

오목렌즈 港

1
바람 속에는 수만 개의 영혼이 있다.

검은 해를 품은 포구로
바람이 나를 끌고 나간다.

고향을 향한 걸음으로

2
앙칼진 바람이 온갖 말로 유혹하며
내 귓전을 스쳐지나간다.
그건
바다와 육지에서 고통을 당하리란
예언일까.

3
고통은 근원을 찾아가는 첫걸음

검은 옷을 입은 아버지가 복도 건너편에서
다가와
관습대로 내 어깨에 입을 맞추었다.

오랜 고통 탓인지 나는
빛을 따라 굽이치는 검은 물결을 보며
아버지와 속삭이기 시작했다.
나는 단조풍의 목소리와 호흡으로

그리하여
내 혈관 속에 흐르는 아버지의 피를 느꼈다.

4
바람 속에는 떠돌다가
공중에 멎어 있는 영혼이 있다.

나는 침대에 누워 있는
내가 아닌

또 다른 나를 보고 있다.

시간의 어릿광대

꽁지머리 아이들이 줄넘기를 하고 있다

충혈된 햇살을 감으면서 줄 속에 몸을 구겨넣고 있다

상표 다른 신발 소리에 끊임없이 봄은 꿍꿍거린다

한 아이가 들어가고 또 한 아이가 들어가고

한 아이가 나오고 또 한 아이가 나오고

일기예보에 아랑곳하지 않고 꽁지머리는 줄 속으로 들어
간다

실뿌리처럼 엮인 줄 속으로 계속 빠져들어가고 있다

다섯 번째 아이는 줄 속으로 들어가 아예 나오지 않는다

줄은 계속 돌아가고 있고

개울 소리에 선잠을 깬 꽃잎들

줄이 삼킨 다섯 번째 아이의 머리칼이 줄 밖으로 비쭉거
릴 뿐

봄은 아지랑이처럼 피어오르기 시작하고

머리에 노랑꽃을 피우고 있다

아이들은 꽁지머리에 꽃눈이 피는 줄 모른다

제2부

북극성

1

공이 도는 건, 지구가 돌고 별이 도는 건, 북극성 때문이지. 너의 까만 눈동자가 돌고 있기 때문이지.

까만 네 눈동자를 보고
나는 찰나에 북극성으로 갈 수 있지

2

설탕이 녹는 온도는 몇 도일까?

먹다 만 옥수수 알갱이처럼
드문드문 별이 박혀 있는 저녁,
나는 시간의 송곳으로 북극성을 찔렀지
가봉 중인 내 두개골이
덜거덕거리며 부풀어 올랐지

3

나는 별 사냥꾼. 시간의 화살을 날리지. 화살이 날아가는 건, 시간이 흐르는 건, 네가 매일 걷고 내가 매일 뛰기 때문이지.

깜빡이는 네 눈동자를 보지 않고도
나는 찰나에 북극성으로 갈 수 있지

네안데르탈 13
— 출항

갑판에서 바라보는 바다는
칠흑이다
누가,
별자리를 다 지워버렸는가

검은 구름은 별똥별의 그림자를 삼켜버렸고,
바다는 숨결만 증식되었으므로
나는 갓 끊긴 탯줄처럼 갑판에 홀로 앉아 있지

한 손에 창을 든 반인반마의 흉측한 모습으로
새벽별을 기다리는 건 내 전생의 기억이지

얼굴을 묻은 시간의 자궁에서
또 다른 우주를 낳기 위해
새벽별을 나르고 있다고 생각하지

검은 구름으로부터 빛은 시작되었고
나의 영혼은

흔들리는 전생을 이끌고

또 다른 신탁 속으로 흘러가고 있지

네안데르탈 14
— 시간의 무덤

1

귓전에 들리는 물소리는 시간의 이정표이다
나는 너를 찾아 헤매고 있다

나비 한 마리 길을 내며 나풀나풀 날아간다

물푸레나무 사이 휘어진 길에서
구름의 애벌레를 만났다
보일 듯 말 듯한 시링크스의 옷자락
나는 혀끝의 힘줄을 당긴다

2

나는
물고기인가
염소인가

염소의 길도

물고기의 길도 아닌

나비의 길

죽어야 태어나는 이여!,

너를 찾아가는 길은 둘도 아니고 하나도 아니다

시간의 무덤으로 날아가는

계절에 귀 기울여

얼굴을 바꾸는 피리 소리

감나무

감을 따봐.
감이 매달린 방향이 모두 다르다.

간짓대는 항상 나무에 매달려 있어.
꼭지를 돌려 달처럼 불그스레한 감을 따봐.

바라보는 방향이 모두 다르고 육신이 다르고 생각이 다르다.
감을 따봐.

조심해.
간짓대로 구름을 건들지 마.

구름 속에 잠든 새가 날아가.
창문을 통해 날아간 새는 다시 오지 않지.

새가 쪼아놓은 구름을 먹고 감은 자랐어.

감을 따는 건 구름의 소문을 엿듣는 것.

딸 수 있는 건 떨어진다는 것.

떨어지는 건 영혼이 다시 오지 않는다는 것.

구름 속에서 죽음의 꼭지를 보았지.

그러나

죽음은

달의 뒷면처럼 아무도 알 수 없지.

풀의 망각

잡초는 없다.

보리도 콩밭에 가면 잡초고
콩도 보리밭에 가면 잡초가 된다.

누가 뾰족한 손톱으로 목을 조르는가
전정가위로 날숨마저
아니면, 초록마저

눈을 맞춰봐라 이따금
나도 누구의 망막에는 무엇으로 보일까.
파릇한 싹이 있으면 틈새 어딘가에는
풀의 망각이 있을까.

네안데르탈 15

― 時差의 초월

1

고양이가 시간을 베어 먹는 저녁

기억들이 풀어진 내 눈동자에서
시간이 새나간다
시간을 서서히 코 대신 눈으로 뱉어낸다
한곳으로 고정된 눈동자

빠져나가는 시간을 응시하듯
또 다른 너머로 옮겨가는 숨

거리를 배회하던 기억들은
거처를 마련해준 셈
홀로 꼼짝할 수 없는 몸에서
우울과 고독과 고뇌가 빠져나간다

한 치 차의 거리에도 속도와 움직임이

서로 다른 눈썹
눈썹 앞에는 허무의 골짜기가 짤깍 짤깍.
골짜기 사이로
온갖 시간의 가죽과 털로 뒤덮인
오두막이 희미하게 보인다

2

나는
눈앞에 축 처진 덤불을 헤치고 나아갔다
오두막은 괘종시계처럼 둔탁해 보였지만
문이 스스로 열렸다
바닥에는 검은 천이 깔려 있는 제단이 있고
복도 건너편에는 검은 옷을 입은 사제가
내 기억에 꿈이나 미래나 빛을 새기고 있다

이곳은 밤낮의 시간이 뒤바뀌기도 하고
갑자기 아이가 어른이 되기도 하고

들숨과 날숨의 뚜렷한 구분이 없다

우울과 고독과 고뇌로 가득 찬 별이 던진
갈고리가 문에 꽂힌다
내 머릿속에서 시간의 가죽이, 털이 덕지덕지
뒤엉킨 것 같다

고양이가 시간을 소멸시키는 밤

누가 알아차리기도 전에 앙상한 시간은
폐부를 찌르듯 또 스쳐갔다

거울

거울 속에 내가 보인다.

쉬지 못하고
잠들지 못하고
눈동자 속으로 내가 빠져들어간다.

내 썩어가는 육신을
나무뿌리들이 옥죄고 칡넝쿨처럼 내 몸을
감으면서 아직까지 덜 삭은 몸통을 썩지 않은
검은 나일론 수의가 감고 있다.

오른쪽으로 감든지. 왼쪽으로 감든지 어디로 감든지.
우리 손잡고 같이 돌자 응!
때론 객기도 부려봤지. 그래서
나도 한때 왕따였지.

내 왼쪽 눈은 불임의 웅덩이
내 오른쪽 눈은 눈물의 분화구

더 이상 괴로워하거나 슬퍼하지 말자.
시간 나면 언제 카톡으로 메시지 보내봐.

해골 아래는 나의 틀니도 보이고 황토색 뼈마디 사이로
또 다른 나무가 잔뿌릴 내리고 있다. 내 가슴 사이로

거울 속에 내가 누워 있다.

내 심장 뛰는 걸 느끼겠어.
골수까지 끓도록

바람 球場

1
아침에 바람안개를 보거나
천 개의 팔을 가진
바람의 부음을 듣거나
실타래처럼 상처만 쌓이고
진루를 하지 못한
증오로 가득 찬 팔이 모여든다.

2
상처는 늘 뒤집힌 곳에서 출발하지.
목 잘린 바람개비는
처음, 꽃잎이 도는 듯하다가
상처를 부르는 칼날이 되었다가
검은 혈흔이 보이기 시작하지.

3
오늘은 실밥이 잘 잡히지 않아.
긴 팔을 따라

상대의 배트는 따라오지 않고
검은 혈흔이 자욱하지.
처음이든 끝이든 모든 건
상처를 동반하지.

4
내 두개골 끝에는
검은 혈흔이 흐른다.
결국
천 개의 팔로 윽박지르며
증오를 돌려세우지만
증오는 언제나 죽음을 부르지.

치정

너와 나는 바람개비야.

발 디딜 곳 찾으며 늘 같은 곳을 바라보지. 그래서 한쪽 방향으로만 돌지. 제아무리 형태가 다르고, 성격이 거칠어도, 우린 원을 만들 수 있어. 비눗방울처럼.

다 포용할 수 있지.
비 내려도, 눈 내려도, 비바람이 불어도

너와 나는 어긋남이 없지.

키 높이든 가슴 높이든 의자 높이든 색깔이, 혈액이, 지붕이 달라도 우린 둥글게 뭉쳐졌고 아득한 상처까지도 다 껴안을 수 있지. 오 놀라워라!

우린 바람개비니까.

죽음도 슬픔도 부재도, 이 세상 모든 건 동그라미 안에 넣을 수 있지. 빗방울 내리치는 창가에 실루엣으로 그려지는.

하나의 방울.

식물성 사랑

내 심장을 들여다보세요.
혈관이 수없이 헐었다가 말라버린 당신의 잎이
내 심장에 가라앉아 있어요.

동맥 가득 달그림자가 들어차 있는 잎맥
잎의 가장자리에 수액이 색 바랜 수줍음으로 배여 있어요.

내 꿈자리 여기저기에 당신의 맥박이 있다가도 없는 시간
불그스레 달아오른 한 잎이 다른 한 잎에게 칭얼대며 부
비고 있어요.
얼굴을 찡그렸다가 펴는 두 얼굴을 가진 당신과 나

아직, 거미줄처럼 내려앉은 당신의 피톨이
육탈된 잎사귀에 서걱거려요.
시간의 알갱이 몇 잎 잔뿌리 곁으로 떨어지고 있어요.

딱딱하게 굳은 나의 선홍색 심장이 당신의 손을 빠져나
가고 있어요.

난 아직

부풀고 이지러지는 꿈을 꾸고 있어요.

화관化棺

1

꽃잎은 침묵했으므로 끝내 길을 떠난다.

시든 장미가 시간의 비밀 줄기를 감고 있다.
닳아버린 표정이 여태까지의 자국을 말하고 있을 뿐

2

울타리엔 장미꽃 덩굴이 덜 품은 슬픔처럼 꽁무니에 상처를 달고 있다
꽃잎 모두가 그렇게 돋아나고 떨어지듯이

너덜해진 상처의 언저리에 침묵하는 그림자를 껴입은 노인

3

노곤한 삶에 나동그라진 노구를

주름살만 남겨두고 떠나던 길에

혹은
비극의 달빛이 갑작스레 울음을 토하던 길에
달빛이 자국의 재처럼.

4

그렇게 길에서 길로 주인 잃은 줄기가 넘나들던 울타리는
흔적을 남기지 않고 떠난 자들이 남긴 비밀 표식

보이지 않는 표정들이 비밀스럽게 길을 떠난다.

시간의 몽환

하늘을 보고 읽었다. 구름을 보고 읽었다. 머리 위 날아
가는 새를 보고 읽었다. 산그늘을 보고 읽었다. 강물을 보
고 읽었다. 새털이 강물에 풀어지는 것 보고 읽었다. 강물
에 떠내려가는 낙엽을 보고 읽었다. 산그늘에 적셔 있는 가
을을 읽었다.

시간의 판

꿈속으로 사막여우의 귀처럼 커다란 내 귀가 사라지고
내 각막이 발가락을 끌고 사라지고 뒤따라 죽음의 부리에
쪼인 듯 팔딱거리며 내 심장도 사라진다

클릭 한 번에 사라지는 모래시계처럼

죽음은 슬픔인가. 좌절인가.
죽음 앞에서 체력이나 새가슴 따위는 문제가 아니다 눈
의 피로감이나 지나친 긴장감에 제아무리 연옥이 보이는
듯한 심한 난시라도 슬픔은 감옥이다

꿈은 죽음의 예습이다

제3부

추억의 덕수궁

햇볕이 잘 들지 않는 체육관 창고에

소처럼 우직한

시간의 뜀틀이 있다

추억의 덕수궁으로 가기 위해선

이놈이 필요하다

미노타우로스와 격전을 치루듯

먼지를 털어내고

놈의 등을 두드리니

양처럼 온순해진다

친구여, 너와 나는

제대하면 덕수궁에서 만나자 했다

첫눈이 내리면 덕수궁 돌담길에서 만나자 했다

자대 배치 받으면 서로 편지하자 했다

다 그렇고 그런 훈련소 이야기

머리칼에 흰 눈이 내린 지금

너와 나는 만날 수 있을까

우우, 나는 훈련병처럼

시간의 뜀틀을 뛰어넘는다

첫눈이 내리고

군복을 입은 병사가 지나가고

다정한 연인들이 손잡고 지나간다

시간을 뛰어넘는다는 건

내 마음에 가득한

추억의 덕수궁으로 돌아가는 것이다

낯선 별로 날아가는 것이다

친구여, 너는 지금

어느 별 아래 있는 거니?

시간의 정구장

그어진 선은 삶의 문턱이고 소멸

나는 무슨 주문을 외듯
소리 지르며 말랑한 공을
의식의 경계선 너머로
때리면서 혹은 달래면서

떨거지를 어디론가 보내는 심정으로

한쪽 볼은 오늘의 사랑을
다른 볼은 내일의 증오를

나의 신경에 따라
의식을 잡을 수도 가둘 수도 있는
손아귀 속에서 모래처럼 흘러내리는
시간들

소멸은 언제나 반전을 위한 소멸이다

오늘의 감정이

내일의 감정이 소멸하는

자기 버리기와 채우기를 거듭하고 있는

정구장은 삶의 형용사

저녁의 몽상

수평선 너머 어둠과 함께 빠져나오는
번뜩이는 네안데르탈의 외눈

누가 저녁의 배꼽을 떼어버렸는가

어둠의 자궁이 또 다른 세계를 낳고
또 다른 구름을 만드는 저녁

갓 끊긴 탯줄이 악몽을 꾸는 것처럼
검은 피를 흘리며 힘줄 늘리기를 하고 있다

그 꼭지에서 그림자가 풀리고

허공은 구름의 새로운 애벌레
구멍마다 부드러운 불빛이 흘러나오는 시간의 분만실

어둠은 불그스레하기도 하고 동시에 푸르스름한
구름의 후손

매우 진지하고 엄숙한 표정으로

어둠을 잉태하는 네안데르탈의 힘줄

죽어야 탄생하는 외눈의 무덤.

거울論

1

나는 깨진 거울의 불길한 그림자를 알고 있다

그것은 궁핍한 시간의 빗장뼈
혹은 착란의 꿈
무표정한 얼굴이 흘리는 검은 피

2

당신은
슬픔의 곰팡이
그 궁핍의
빗방울이 떨어지는 소리

시간의 곤충인 계절

3

누룩처럼 발효된 저승꽃

거울의 끝에는 무덤이 있다
궁핍한 시간의 거울

단순한 표정이 보여주는
상처의 깊이

네안데르탈의 길

그러므로
죽음이 그를 초대했다
고성능 카메라에 포착된 그는 모래바람이 들썩이는 도시
의 미로를 배회하고 있다

수천 년, 분화의 흔적이 남아 있는 얼음의 도시
바람에 날려온 발아된 씨앗
그의 뇌에 연결된 길

분노로 찢겨진 잎이 거리에 떨어지고
여러 개의 신경뿌리가 다발로 널브러져 있다

모래바람이 침대를 덮치면 천의 얼굴을 가진 그는 몽롱
한 상태에서 껍질을 깨고 무중력의 유영을 나선다. 오, 삶
의 후미진 미로여!

얼음이 잠자고 있는 그의 회로는 뇌리조차 혼란스러운
잎이 되고 뿌리가 되고 다시 잎이 된다

생의 끝자락이 어디란 말인가?

빗방울은 뇌수의 틈새로 흘러들어 신경을 적시고 레이저
광선은 수정체를 통과한다 낯익은 추억들, 표정을 찾을 수
없는 얼굴들

죽음을 찾아가는 길의 삶.

거미

누가 날 째려보고 있다.

갑작스레 달려들 태세다.
이빨 날카로운 짐승
검은 갈기를 날리며

무엇을 노릴까.
놈의 예리한
동공에 공포를 느낀
나는
길마저도 사레 걸린
내장으로 보인다.
갈기갈기 찢긴

짧은 시간이었지만
별의별 생각에 난 할퀴었다.

공포는 죽음과 상처를

한꺼번에 몰고 온다.

놈의 눈초리에 찔린
나는
분노의 바람에
검은 멍이 들었다.

막다른 길에선 바람도
깊은 상처를 만든다.

그림자놀이

내가 짓이겨진 햇살 아래 거친 호흡으로 달릴 때
너는 지난 달력 속의 숫자처럼 쑥 들어오지 않고
그냥 내 곁에 있었다. 하지만

네가 쓰러져 병실에 누워 있을 땐 넌 예전의 네가 아니라
겉치레로 치장된 한 줄의 잠든 문구였다. 축 늘어지고 철자
마다 굳은 너라는 문구는 이제 불어터진 그림자였다. 너는
계속 계단을 오르다가 하나 둘 근육파열과 하지역류로 앓
았다.

거울 속에서의 너의 얼굴과 너의 뒷모습은 햇빛과 그림
자였다. 속절없이

햇볕을 따라 도는
너는 나
나는 너

시링크스

1

나는 장엄한 합창을 예고한다, 설탕의 공주여

어젯밤 당신이 먹다 남은 별사탕
껴안고 잤던 곰인형

꽃그늘에 당신의 음계가 돋아 있다

아무런 말 못하고 그냥 내 굳은 발바닥은
달그림자의 건반을 꾹꾹 눌렀지

슬그머니 숨어버린 별빛

당신은 흠이 있는 사탕
한 손으로 염소의 목을 짓누르고
다른 한 손으로 시간의 물길을 내고 있지

2

성벽에 매달려 꿈틀거리는 굼벵이들
해독할 수도 없고, 알 수도 없는 난해한 문장

성안에 별이 뜨는 저녁 어디선가 피리 소리
오, 묘령의 불나방이여

'나는
물고기인가
염소인가'

은빛 갑옷을 입은 목신은 슬그머니 자취를 감추었다

그녀는 불나방의 쌉쓰레한 혀놀림
성곽을 2층 4층 8층을 오르내리는 춤사위

3

　어느 날 굼벵이들은 4호, 5호, 6호······ 창틀에서 밤의 애벌레를 발견했고 기형적인 날갯짓을 이따금 봤다고 적어놓았다

　그녀는 흐릿한 별빛을 따라 흐르는 밤의 질서
　극도의 사디즘
　돌출된 밤의 입꼬리

　북극성보다 더 또렷하게
　새벽하늘로 돌아갈 창백한 갈대

　나는
　물고기인가
　염소인가

리플리 증후군

그가 허공에 걸터앉아 부리를 갈며 자기 몸에 시간을 뚫을 수 있는 송곳니가 있는지
뾰족한 이빨이 없는지 가슴 태운다

부리 가는 소리에 층간소음처럼 가지 밑에 있는 것들 잎을 떨군다.

2년, 3년, 5년…… 으깨지는 시간에 演技는 끝나가고, 현기증은 쌓여가고 시간의 노예들은 오늘 밤에도 점자로 된 대본을 읽기 시작한다.

암흑은 눈먼 자나 눈뜬 자나 다 보이지 않으므로 그는 저녁의 캄캄한 어둠이 좋다.

그에게 6초, 9초, 18초…… 암흑의 무대는 이빨마저 잊게 하고, 행갈이 된 각본은 썩은 낙엽처럼 치워버리고, 그의 가냘픈 다리는 먹이를 잡으려 한다.

정육의 선홍빛 시간은 사슬처럼 조여오고 차츰 빈혈의 계절이 다가온다.

족쇄는 티슈에 눈물 풀리듯 환멸과 통증의 검은 피가 흐른다.

그는 눈도, 귀도, 입도 차츰 얼얼해져 이제는 몇 해 전 잘려나간 그의 발목이 아프다고 소리친다.

演技는 끝나가고, 점자책에는 갈고리에 지옥조각을 걸친 그의 최후가 적혀 있다.

도려낸 살점이 텅 빈 눈동자가 돌아오지 못한 그의 마음이.

거미 문신

가시덤불 사이
독 오른 네가 공중에 떠 있다.
초록에서 붉음으로

인기척에 놀라 선잠을 깬 너는 커튼을 젖히며
기다란 팔로 현실에 저항하고 있다.

검은 창틀에서 너는 간혹 이파리가 먹이인 양
밟고 지나간다.

비누 냄새 풍기는 오늘이 여분의 삶들을
현혹하고 있다.
땅거미가 내리면 주술에 걸린 너는
오늘의 골을 파먹는다.

뜯겨 나간 창틀에 너의 손아귀를 벗어나지 못한
오늘의 주검들이 매달리기 시작한다.

너의 등짝에 칼바람이 불고 있다.
붉음에서 초록으로

절정을 앞둔 너의 검은 웃음에
내일이 매달려 있다.

너는 추락하고 있다.
너의 치명적 증상처럼

몽유의 218호

눈빛이 서로 간질어대는
저녁이 오면
비슷비슷한 별들의 사슬 풀린 발걸음이 내려앉는다.

허물어져가는 밤의 난간이
네 그림자를 따라 풀숲을 헤맨다.

난간은 위험하다고 중얼대던 너는
몽유의 중간에서 아슬아슬하다.

손전등으로 비춰진 너의 입술은 푸르디푸른 문장의 사잇길

이파리를 갉아대는 너의 맥박들이 행간의 아랫목을 자리
잡고 있다.

궤도를 이탈한 퍼즐처럼 꿈의 종착역에서 묵음의 절규들
이 꼬리를 늘어뜨리고 달려온다.

지금처럼 절규를 아슬아슬하게 느낀 적 없다.

몽유의 중간에서
사라지고 생겨나는 모든 말의 가운데서
별이 진다. 눈길이 닿을 때마다

아니무스

무궤도 열차는 마주 보고 달리고 있다.

코를 씰룩이다 움직이기 시작한 나는 객실에 생존의 구멍을 뚫기 시작했다. 이생과 전생의 무지갯빛 소문들이 구멍을 통해 각각 다른 점과 선으로 번진다.

점을 통해
선을 통해
모든 소문이 들어가고 나오듯이
열차는 기나긴 동굴을 파고들었다.
점이 되었다가 선이 되었다가 원이 되는

객차 17호와 19호 사이엔 몽롱한 또 다른 내가 타고 있다. 내 전생에서 뽑아져 나온 소문과 특유의 냄새가 입김에 배여 있다. 무지개는 뿌리마다 소문을 만드는 상처가 자라고 있다.

점과 선과 원으로 이루어진

바퀴 없이 옮겨 다니는 소문을 따라 나는 동굴 속을 걸
었다.

　상처를 부화하는 동굴 속에 들어온 나는
　이승과 저승의 빛이 상처로 뒤범벅되어 있어도
　소문을 지나치듯 나를 지나친 것이다.

　원에서 선에서 점으로
　나를 잊는 것은 나 자신에게 다가가는 것.

제4부

지리산

상처를 꽃이라 하자.

삐쭉삐쭉 상처 난 꽃잎이라 하자.
구들장 아래에서 꿈을 꾸는 꽃이라 하자.

습하고 어두운 구들장이라고 하자.
꽃잎이라 하자.
상처는 다른 상처를 덮는다고 하자.
그 위에 또 아픔이 있다고 하자.

상처를 이불삼아 새우잠을 잤다고 하자.

꽃이라 하자.
포갠 구들장이라 하자.
아지트라 하자.

구름은 꽃잎이 하는 일을 끝내 알지 못했다고 하자.
먹장구름은 수채화처럼 내려와 꿈을 덮었다고 하자.

구들장이라 하자.

아지트라 하자.

이젠, 공터라고 하자.

애기메꽃이이라 하자.

갈티재

내 손바닥 위에 지리산이 나비 화석으로 앉아 있다

덕천강

덕천강은 늑대처럼 귀가 쫑긋하고 꼬리가 까맣다. 간밤에 물속으로 가라앉은 달을 예리한 이빨로 뜯어먹었다.

덕천서원

검은 비가 내려도,
비바람이 어둠의 소문을
관 위에 뿌려도,
빗방울 내리치는 꿈길에
실루엣으로 그려지는 죽은 이의 이력들
참수당한 무수한 시간의 주검
일생의 향을 땅속에 뿌리박고 있는 은행나무

산수유

그는 매일 세숫대야를 놓고 얼굴을 닦는다.

지나가는 구름도
덥수룩한 수염도 세숫대야에 담긴다.
덩달아 땅의 충실한 감정도 섞인다.

얼굴을 쓱싹 문지르면 구름이 그에게 묻고
그러다가 구름이 그에게 대답한다.

아침에 일어나 세수하는 건
어둠의 자물쇠를 풀면서 구름의 안부를 묻고
서로 이어가는 일

산수유 2

욕망이라 하자.

계급장이라 하자.

서슬 퍼런 칼이라 하자.

상처라 하자.

뜻밖의 행운이라 하자.

개털이라 하자.

뼈다귀라 하자.

통로라 하자.

절정이라 하자.

해자라 하자.

정신병동이라 하자.

.

연탄꽃

1

연탄불은 영혼의 꽃

폭은 두 꺼풀, 길이는 다섯 꺼풀
붉은 흑백 사진
핏빛 천 조각

북두칠성으로 가는 먼 여행길

2

보내는 자의 슬픔
상두꾼의 상엿소리

무덤의 일부가 된 검은 글귀들

너는 왜 어두운 별을 향해 가려고 하는가?

너는 왜 상어의 길을 가려고 하는가?

3

안개 자욱한 연옥의 밑바닥에서 죄를 씻은 듯 타오르는
불꽃

두려움에 간이 서늘한 나는
울음도 애수도 괴로움도 없는
시간의 검은 구멍

바코드

1

새는 집 짓는 법을 어디에 기억하고 있을까.

태풍이 불어도 변함없이 빛과 그림자가 잘 들고 새끼들
잘 자라는 우듬지의 집.

새들의 그 기억력이 신기하다. 그럼, 나는 뭐지.

2

요즘 모기들은 내 몸뚱아릴 잘 문다.

인체해부학을 배웠는지, 발바닥이나 겨드랑이나 오금을
기억했다가 집요하게 문다.
내 오금이 저리게 게릴라처럼 잘 문다.

아들 녀석도 그랬다. 초등학교 시절, 그만 놀고 책상에

앉으라고 하면

"아빠는 말 잘 들었는지, 할머니한테 물어볼까?"

내가 간지러워 긁어도 시원하지 않는 곳을 기억했다가 잘 문다.

그럼, 나는 뭐지.

3

마음을 물리고 뜯긴 불안하고 창백한 나는 그럼 뭐지.

빛과 그림자가 드나드는 내 손바닥을 펼쳐서 조심스레 나뭇가지처럼 뻗어 있는 바코드나 쳐다볼까.

그럼, 다락방에 갇힌 슬픔의 뿌리 빤히 보일지 몰라.

감

1

감이 익어간다
익어가는 건 희극일까 비극일까
감의 지름 따라 소문이 흘러내린다
떨어진 감의 속내가 드러난다 입속으로 전해오는
감은 달콤하다 달콤함이 나를 할퀸다

2

불안이라는 그가 내게 불쑥 말을 걸어왔다
왜 감은 떨어질까
마지막으로 가지에 버티는 까치밥은 언제 떨어지냐고 묻
는다
까칠한 수염으로 그는 내 볼을 비벼 징그럽기까지 하다
그럴 때마다 갱지에 얼룩을 남기는 감물이 든다

3

빗방울이 감잎에 떨어지는 소리는 아름답지만
그 소린 무섭게 가슴을 때리는
그의 중얼거림
할퀸 가슴에 어둠이 쏟아지면 물컹한 홍시 단내 풍긴다
까칠한 소문이 감을 매단다는 말은 감흥일 뿐
그가 교묘하게 꾸민 궤변이다
감물이 물든 갱지처럼 그가 내 몸속에 번지듯
나뭇가지가 송곳처럼 내 심장을 찌르듯
등골이 오싹해진 소문이 가을을 썩힌다

고드름 광대

울음과 웃음으로 꼬인 실타래에 매달린,
꽈배기가 된 줄을 풀어보지만 다시 얽힌다

첫 울음과 함께 세상 속으로 뛰어들었던
발자국
빈틈으로 구겨 넣은 발이
걸리고 또 넘어진다
어딘가 닿기만 해도 넘어지는 몸뚱아리
맨땅에 자전거 바큇살처럼 자국을 남긴다
원은
또 다른 원의 녹아 없어진 전생

원 안에 몸을 구겨 넣은 그를 누가
이곳으로 굴리고 왔을까
찢어진 입으로 색색의 이력을 물고 웃는다
걸리고 넘어져 악력이 줄어든 그가
후줄근한 이름을 가슴에 묻고
서쪽으로 기운다

불안한 목줄을 팽팽하게 감으면서

소멸한 구름의 통로 속으로 그가 굴러간다

동쪽으로부터 서서히 녹아 없어지는 붉고 푸른 얼굴

일몰을 삼킨 자줏빛 울음

오이디푸스의 숲

자작나무숲은 아픔이 처음으로 잉태된 너의 늑골이다

초저녁별이 비치면 너는 별 모양의 잎에 길을 내고 있어
뼈와 뼈가 문장으로 연결된 숲에는 철 지난 은유만 남아
있지

껴안고 자던 곰인형과 먹다만 별사탕이 새로운 별자리를
낳는 은유의 침실.
그 안에서 길은 갑자기 사라졌다가 새로 생겨나지

한 손으로 인형의 눈을 찌르면 또 한 손은 근친상간의 문
장으로 젖어가지
벽난로가 불타오르면 너의 입술은 슬프고도 아픈 검붉은
시詩

천 개의 손가락으로 숲을 지배했던 아버지의 마지막 울
음이 나이테로 남아 있는 숲

낯선 별빛이 잎맥으로 흘러드는 밤이 오면 늑골 가장 깊
은 곳에서

또 하나의 통점이 태어난다. 사생아의 울음처럼

별빛요양원

전봇대 아래 담장에는 모과나무가 환쟁이처럼 벽화를 그리고 있다. 나무판자로 엮은 담장 너머로 축 늘어진 가지와 이파리들. 긴 창을 든 추장과 살집이 조금 있는 인디언 여인이 서 있다. 그때 등산복을 입은 사내가 보도블록 위를 걷고 있다. 사내는 예리한 추장의 창을 피해 자신의 꽁무니를 전깃줄처럼 길게 빼며 지나간다. 대낮에 놀란 사내가 전봇대를 돌면서 물감을 뿌리며 시계를 그리고 있다. 시간은 별빛처럼 모두 그 속에 있다.

신화의 언어와 우주의 시간

조동범

신화의 언어와 우주의 시간

조동범

(시인)

　신화의 세계가 펼쳐 보이는 시적 지평의 광활함을 떠올린다. 우주로까지 확장된 신화의 세계와 그 시간에 대해 생각하고 그 영원성에 대해 생각한다. 그리고 박우담의 시집『설탕의 아이들』을 읽는다.『설탕의 아이들』은 신화, 우주, 시간을 통해 구축되는 거대 서사이다. 시집에 나타난 신화와 우주와 시간은 시작과 끝을 가늠할 수 없을 정도의 거대함을 지니고 우리 앞에 모습을 드러내는 존재이다. 그런 만큼 신화, 우주,

시간의 서사는 확장된 외연을 통해 세계의 본질을 제시하고
자 한다.『설탕의 아이들』은 이처럼 신화와 우주와 시간의 서
사를 통해 시적 외연을 확장하고 완성하는데, 그것은 우주적
상상력과 시간에 대한 인식을 기반으로 하여 완성되는 신화
적 상상력의 형태를 취한다.

　일반적으로 신화는 우주와 관계를 맺고 있으며 시의 언어
와도 깊은 연관을 맺는다. 아서 코트렐은 "나는 대자연, 우주
적인 어머니, 모든 요소들의 여주인, 처음에 태어난 시간의
자식, 영적인 모든 것의 통치자, 사자死者의 여왕인 동시에 불
사신의 여왕이자, 존재하는 모든 신들과 여신들이 드러내는
유일한 모습이다"(아서 코트렐, 편집부 옮김,『세계신화사전』, 까치,
1995, 5쪽)라는 대여신大女神의 언명을 통해 신화를 설명한다.
이러한 언명을 통해 신화와 우주, 신화와 시간이 서로 다르지
않은 것임이 제시된다. 그는 또한 "대여신은 자신이 우주적
이라는 것을 공언"했다고 밝히며 신화와 우주가 한 몸이었다
고 말한다.

　신화적 상상력이 단순히 시적 소재에 머물지 않는다는 사
실은 자명하다. 신화는 시의 세계가 도달하고 싶은 가장 높은
곳에서 세계의 모든 것을 굽어본다. 따라서 신화를 이야기한
다는 것은 언제나 인간의 삶 저편에 있는 것들을 응시하는 것
이다. 이처럼 신화는 인간의 삶 너머에서 세계의 모든 것을
아우르며 존재한다. 그리고 이와 같은 신화는 인간의 삶이 제

시하지 못하는 것들을 말함으로써 현실 너머에 있는 삶의 원형과 세계의 본질을 호명하고자 한다. 시인은 신화를 소환하고 우주의 상상력을 시에 끌어들이고자 한다. 그리고 신화와 우주의 시간이라는, 일상의 시간으로는 설명할 수 없는 시공간을 우리 앞에 펼쳐놓고자 한다.

솜사탕 장수의 모자에는 은하수가 박혀 있지.

설탕 막대기로 휘저어

시간의 구름을 만들 수 있지.

우리는 구름 먹는 아이들.

오른손에 창을 쥔 반인반마의 괴물들이지.

끝없이 활활 타오르는 불 속에서

말의 귀와 발굽을 가진 시간의 자식들을

얼마든지 낳을 수 있지, 설탕만 있다면.

용서해줘, 신을 두려워하지 않는

이 난폭함. 우리는 그저

별사탕이 가득한 은하수 모자를 쓴

설탕의 아이들이지, 뒷발을 약간 든.

—「별사탕」 전문

　「별사탕」은 신화, 우주, 시간을 통해 확장된 시적 세계를 제
시하고자 하는 시인의 의지가 집약되어 있다. "솜사탕 장수의
모자"에는 "은하수"가 박혀 있고, 솜사탕 장수는 "설탕 막대
기"로 "시간의 구름"을 만들 수 있다. 시인은 은하수라는 우주
와 시간을 통해 시의 문을 연다. 그런데 우주와 시간은 곧이
어 "오른손에 창을 쥔 반인반마의 괴물들"과 불 속에서 낳은,
"말의 귀와 발굽을 가진 시간의 자식들" 등의 신화적 상상력
으로 전이된다. 「별사탕」은 솜사탕 장수라는 현실로부터 시
작되지만, 현실은 이내 환상으로 전이되며 신화와 우주의 이
야기를 펼쳐 보인다.

　이처럼 신화가 우주와 긴밀하게 연결되어 있다는 점에서
신화적 상상력 내부에 우주의 이야기를 수용한 것은 자연스
러운 결과이다. 또한 앞에서도 언급한 바와 같이 신화는 시

간과도 깊은 관계를 맺는데, 이때 시간은 우리가 일반적으로
인지하는 보편적 시간 개념과는 다른 것이다. 신화와 관계를
갖는 시간은 보다 넓은 의미에서의 시간 개념이다. 그것은
단순히 과거와 현재, 미래로 이어지는 시간의 흐름을 지칭하
지 않는다. 여기에서의 시간은 신화와 우주의 흐름을 비롯한,
모든 세계의 처음과 끝을 관장하는 확장된 개념으로서의 시
간이다.

　　　나는 시간의 목덜미를 알고 있다
　　　그것은 북극성과 북두칠성 사이에 있다

　　　시간은
　　　상반신이 염소이고
　　　하반신이 물고기인
　　　판의
　　　아버지의 아버지

　　　나는 아직도 필봉산 언저리 학교에서
　　　공을
　　　차는
　　　마지막 네안데르탈인

축구화 끈을 묶고

운석을

차올리듯

시간의 축구공을 우주로 차올린다

—「네안데르탈 11」부분

"북극성과 북두칠성 사이"에 "시간의 목덜미"가 있다. 이와
같은 시간과 별의 관계를 통해 시인이 시간을 우주와 연관을
맺는 것으로 파악한다는 점을 알 수 있다. 이때 시간은 우리
가 알고 있는 시간의 흐름 안에 내장된 것이 아니라 북극성과
북두칠성의 사이의 공간에 존재한다. 그리고 공간으로서의
시간은 단순히 별과 별 사이의 물리적 공간을 의미하지 않는
다. 그것은 별과 별이라는 우주적 상상력과 신화의 세계 안에
존재하는 시간 개념이다. 이때의 시간은 당연히 물리적 흐름
으로서의 시간이 아니다.

시간은 하나의 세계를 아우르며 관장하는 존재이다. 그리
고 시간은 이내 신화의 세계를 펼쳐 보인다. "상반신이 염소
이고/ 하반신이 물고기인" 존재는 "아버지의 아버지"이다. 이
렇게 신화로 전이된 시간을 통해 시인이 시간을 신화로 인식
하고 있음을 파악할 수 있다. 그런데 여기에 등장하는 아버지
에 대한 인식을 살펴볼 필요가 있다. 「네안데르탈 11」에는 아
직까지 오이디푸스 왕 신화 등과 같은 구체적 신화의 양상이

나타나지는 않았다. 하지만 이때의 아버지가 신화 속 인물을
상정하려 했다는 점은 분명해 보인다.

> 그리하여 입술이 붉은 별들이
>
> 낙타를 타고
>
> 은하수를 건너면,
>
> 초원의 별이여
>
> 모든 아버지들이
>
> 자식들에게 죽임을 당하는 밤이 올 것이네
>
> ―「네안데르탈 12」 부분

「네안데르탈 12」는 자식에게 죽임을 당하는 아버지의 이
야기가 등장한다. 그리고 이 이야기는 자연스럽게 소포클
레스의 오이디푸스 왕 이야기에 등장하는 신화를 떠올리게
한다. 이 작품에서도 "은하수"라는 우주의 이야기가 신화와
의 접점을 마련함으로써 신화와 우주는 하나의 시적 세계
안에 수용된다. 「네안데르탈 12」를 통해 신화에 대한 시인
의 의지는 보다 명백하게 드러난다. 그리고 시인은 시집의
마지막 부분에 배치한 「오이디푸스의 숲」이라는 시를 통해
오이디푸스를 직접 언급하기도 한다. 이 시를 통해 신화의

세계를 구축하고자 하는 시인의 시적 의지는 보다 분명해진다.

> 자작나무숲은 아픔이 처음으로 잉태된 너의 늑골이다
>
> …(중략)…
>
> 한 손으로 인형의 눈을 찌르면 또 한 손은 근친상간의 문장으로 젖어가지
> 벽난로가 불타오르면 너의 입술은 슬프고도 아픈 검붉은 시詩
>
> 천 개의 손가락으로 숲을 지배했던 아버지의 마지막 울음이 나이테로 남아 있는 숲
>
> 낯선 별빛이 잎맥으로 흘러드는 밤이 오면 늑골 가장 깊은 곳에서
> 또 하나의 통점이 태어난다. 사생아의 울음처럼
> 　　　　　　　　　　　　　　　　　─「오이디푸스의 숲」 부분

시인에게 신화의 공간은 아픔으로 다가온다. 그에게 신화는 실패나 비극으로 끝이 난 세계이자 아픔이다. 그것은 마치

"시간의 축구공을 우주로"(「네안데르탈 11」) 차올린 것처럼 먼 곳을 향하는 아픔과 상처이다. 『설탕의 아이들』이 보여주고자 하는 신화, 우주, 시간의 이야기는 아픔을 통해 하나의 세계를 이루고, 그것을 통해 우리가 도달하고 싶은 곳에 대한 이야기를 하고자 한다. "자작나무숲"이 "아픔이 처음으로 잉태된 너의 늑골"인 것처럼, 그리고 "한 손으로 인형의 눈을 찌르면" 다른 손이 "근친상간의 문장으로 젖어가"는 것처럼, 시인이 마련한 신화와 우주와 시간의 서사는 온통 아픔으로 가득하다.

자작나무를 떠올린다. 신화를 전면에 내세운 「오이디푸스의 숲」은 신화가 웅성거리고 있을 것만 같은 자작나무숲을 통해 아픔의 이야기를 시작한다. 그것은 마치 허물을 벗는 자작나무의 수피처럼 온통 상처로 가득한 아픔의 이야기이다. 그리고 이러한 아픔의 한가운데 "오이디푸스의 숲"이라는, 치명적인 신화의 고통이 잉태된다. 그 아픔은 결코 되돌릴 수 없는 것이며 동시에 있을 수 없는 것이다. "천 개의 손가락으로 숲을 지배했던 아버지의 마지막 울음이 나이테로 남아 있는 숲"의 아픔. 자작나무숲은 아픔과 비극의 극한이자 견딜 수 없는 슬픔의 공간이다. 그리고 그러한 아픔과 슬픔의 끝에 "근친상간의 문장"과 "아버지의 마지막 울음"은 "또 하나의 통점"이 되어 우리의 마음에 상처를 만든다. 그리하여 시인은 아픔과 슬픔을 통해 그것들이 도처에 널려 있는 시간의 비극성을 바라보고자 한다.

　　나는 내가 아니다.

　　시간을 옭아매고 있는 그림자
　　나를 기다렸다는 듯 줄넘기의 줄처럼 빠르게
　　내 곁에서 아가릴 벌리고 있는 그림자
　　자신을 송곳니로 찢어서 마구 삼키는
　　시간이 끼니인 족속이다.
　　　　　　　　　　　　　　　　　　　　—「자작나무」부분

　　나는 침대에 누워 있는
　　내가 아닌
　　또 다른 나를 보고 있다.
　　　　　　　　　　　　　　　　　　—「오묵렌즈 港」부분

　시인이 자작나무에 주목한 것은 아마도 그것이 지니고 있
는 신화와 전설의 감각 때문일 것이다. 자작나무숲이 형성된,
서늘하고 높은 지점의 그 어떤 아련함과 아픔, 그리고 숲의 신
화. 시인이 말하고자 하는 신화는 상처와 아픔의 신화이면서
동시에 그것은 부정의 신화이기도 하다. 아버지를 부정하는
오이디푸스 왕의 신화 이외에도 부정의 정서는 도처에서 출

몰한다. 시인은 심지어 자신마저 부정하기에 이른다. 그래서 시인은 "나는 내가 아니다"라고 단언하거나 "내가 아닌/ 또 다른 나"를 보고 있다고 말한다. '나'라는 존재를 끊임없이 부정함으로써 상처 입은 '나'는 모든 아픔에도 불구하고 상처 그 자체가 되어간다. 상처가 된다는 것은 '나'에 대한 애정을 놓아버릴 수 있을 때 가능한 것이다. 시인은 주체로서의 '나'마저 버림으로써, 완전한 상처와 아픔의 세계를 보여줄 수 있기를 꿈꾸는지도 모른다.

> 나는 별 사냥꾼. 시간의 화살을 날리지. 화살이 날아가는 건, 시간이 흐르는 건, 네가 매일 걷고 내가 매일 뛰기 때문이지.

> 깜빡이는 네 눈동자를 보지 않고도
> 나는 찰나에 북극성으로 갈 수 있지
> ─「북극성」 부분

『설탕의 아이들』의 근간을 이루는 것은 신화이다. 그리고 신화를 중심으로 우주와 시간의 이야기는 펼쳐진다. 그런데 이때 신화와 우주가 시간이라는 흐름 안에 놓이게 되는데, 그럼으로써 시간은 신화와 우주를 관장하며 거대 서사의 세계를 만들어낸다. 별 사냥꾼이 화살을 날리고, "화살이 날아가는" 것은 곧 '시간이 날아가는' 것이라고 시인은 말한다. 그리고 나는 화살이 날아가는 것과 같은 "찰나에 북극성으로 갈 수"도 있다. 결국 시간이든 찰나든 그것은 북극성이라는 우주를 향해 가는, 우주의 세계를 나의 것으로 수용하는 시간이다.

『설탕의 아이들』의 시간은 신화와 우주의 하위 개념이 아니다. 물론 우주 역시 신화의 하위 개념이 아니다. 신화와 우주와 시간은 하나의 세계로 통합되는 것이며, 그렇게 됨으로써 더 큰 외연을 지향하는 존재이다. 우주가 부재한 신화는 결국 지상의 언어로 남게 될 것이며, 시간이 사라진 신화는 거대한 시간성을 상실함으로써 그 외연이 축소될 수밖에 없다. 물론 신화가 사라진 우주와 시간의 이야기 역시 마찬가지이다. 신화가 개입하지 않은 우주와 시간은 현실적인 세계 안에 갇히기 쉬우며, 그 속에서 우리의 삶과 세계의 본질을 드러내기란 쉽지 않다. 『설탕의 아이들』은 이러한 것들의 상호작용을 통해 하나의 거대 서사를 구축하고자 한다.

누룩처럼 발효된 저승꽃

거울의 끝에는 무덤이 있다
궁핍한 시간의 거울

단순한 표정이 보여주는

상처의 깊이

— 「거울論」 부분

보내는 자의 슬픔

상두꾼의 상엿소리

무덤의 일부가 된 검은 글귀들

너는 왜 어두운 별을 향해 가려고 하는가?

너는 왜 상여의 길을 가려고 하는가?

— 「연탄꽃」 부분

　그렇다면 이 모든 신화와 우주와 시간의 끝에 과연 무엇이
있는가? 시인이 인식하는 세계의 끝은 신화와 우주와 시간의
영원성에도 불구하고 모든 것이 종료되고 사라진 죽음이다.
세계의 끝에는 "누룩처럼 발효된 저승꽃"이 있고 "거울의 끝
에는 무덤이 있다". 그리고 지상의 모든 것들은 "무덤의 일부
가 된 검은 글귀들"로 남게 된다. 그리하여 모든 신화와 우주
와 시간 역시 "검은 글귀"로 수렴되며 하나의 세계를 마무리
짓게 된다. 그런데 "검은 글귀들"로 마무리되는 바로 이 지점

에 또 다른 지향성이 엿보인다.

시인은 모든 것들이 "무덤의 일부"로 수렴된 소멸의 세계 속에서 신화와 우주와 시간에 대한 또 다른 지향을 드러낸다. 물론 죽음이라는 물리적 형태의 소멸 상황이 바뀌는 것은 아니지만 시인은 죽음이라는 소멸을 또 다른 시작의 하나로 인식한다. 시인은 "너는 왜 어두운 별을 향해" 가냐고, "왜 상여의 길을 가려고" 하냐고 묻는다. 결국 신화와 우주와 시간이라는 영원성에도 불구하고 우리의 삶과 세계는 유한한 것일 뿐이다. 하지만 그러한 유한성이 결코 완전한 끝이 아님을 시인은 믿고 있다. 그리하여 죽음이라는 물리적 종료의 지점으로부터 새로운 시작이 비롯된다고 말하고 있다.

우리가 믿고 있는 세계는 과연 무엇일까? 죽음은 과연 모든 것의 마지막인가? 시인은 신화적 상상력을 통해 우리가 바라보고 믿고 있던 것들만이 세계의 전부가 아님을 말하려한다. 우리가 눈으로 파악할 수 있는 것들은 사실 세계의 일부분에 지나지 않는다. 신화를 우리의 삶과 세계 저편에 있는 허상이라고 단언할 수는 없다. 그것은 우주에 대한 인식역시 마찬가지이고 시간 역시 그렇다. 우리가 인지하고 있는 시간은 이 세계의 수많은 시간의 일부일 뿐이다. 시인은 현실 너머에 존재하는 신화와 우주와 시간의 문제를 언급함으로써 우리가 인식하고 있는 삶과 세계 너머의 것들을 파악하

고자 한다. 그리고 그것을 통해 삶과 세계의 본질과 근원을

파헤치고자 한다.▨

│ 박우담 │

진주 출생. 2004년 격월간 『시사사』를 통해 시단에 나왔다. 시집으로 『구름
트렁크』, 『시간의 노숙자』가 있다. 계간 『시와환상』 주간을 역임하였다. 제1회
시사사작품상, 제2회 형평지역문학상을 수상하였다.

이메일 : gichan79@hanmail.net

설탕의 아이들 ⓒ 박우담 2018

───────────────

초판 인쇄 · 2018년 7월 25일
초판 발행 · 2018년 7월 30일

지은이 · 박우담
펴낸이 · 이선희
펴낸곳 · 한국문연

서울 서대문구 증가로 31길 39, 202호
출판등록 1988년 3월 3일 제3-188호
대표전화 302-2717 │ 팩스 · 6442-6053
디지털 현대시 www.koreapoem.co.kr
이메일 koreapoem@hanmail.net

ISBN 978-89-6104-213-0 03810

값 10,000원

＊ 잘못된 책은 바꾸어 드립니다.

이 도서의 국립중앙도서관 출판시도서목록(CIP)은 서지정보유통지원시스템 홈페이지(http://seoji.nl.go.kr)
와 국가자료공동목록시스템(http://www.nl.go.kr/kolisnet)에서 이용하실 수 있습니다.
(CIP제어번호: CIP2018022873)